Zou à vélo

ISBN 978-2-211-08693-6
Première édition dans la collection *lutin poche* : mai 2007

Loi numéro 49 956 du 16 juillet 1949 sur les publications
destinées à la jeunesse : mars 2005
Dépôt légal : septembre 2016
Imprimé en France par Pollina à Luçon - L78274

Michel Gay

Zou à vélo

les lutins de l'école des loisirs
11, rue de Sèvres, Paris 6e

Chez les grands-parents de Zou, habite une très vieille dame.
C'est la bisaïeule de Zou. Zou n'a pas très envie d'aller lui dire bonjour.
Il n'aime pas qu'elle l'embrasse. Pourtant, aujourd'hui, elle lui a offert un vélo.

Zou fait semblant de ne pas voir Bisaïeule.
Il cherche son grand-père, il paraît que c'est lui qui a le vélo.

« Mais il est tout cassé, ce vélo ! » dit Zou.
« Non », dit Grand-père, « il est en pièces détachées, je suis en train de le monter.
Surtout ne touche à rien ! »

« C'est quoi cette petite roulette ? » demande Zou.
« C'est un stabilisateur », répond Grand-père. « Il y en a deux. Je vais les installer sur ta bicyclette, comme ça, tu ne tomberas pas ! »

« Et ça, c'est quoi ? » demande Zou en touchant juste du bout de son sabot.
« C'est une pédale », dit Grand-père. « Donne-la-moi.
Je vais la visser sur le pédalier. Il y en a une pour chaque sabot. »

« Oh là ! Mais tu touches à la pompe ! Donne-la-moi », dit Grand-père,
« je vais te montrer comment on s'en sert. »

« D'abord », dit Grand-père, « on visse le raccord, ensuite… »
Ensuite Zou n'écoute plus. Il a entendu une petite sonnette.
C'est Bisaïeule qui fait sa promenade.

Zou s'amuse à faire comme Bisaïeule. C'est plus drôle
que de regarder Grand-père jouer avec le vélo.

Dans le jardin, Zou se demande s'il ne vaudrait pas mieux cacher les stabilisateurs, parce que ça fait un peu trop bébé.
Ou un peu trop vieille dame.

« Dis, Maman, tu n'as pas vu Zou ? » demande Grand-père à Bisaïeule.
« Je dois lui installer ses stabilisateurs. »
« Ah non, je ne l'ai pas vu. Justement, je le cherche pour lui faire un gros bisou. »

Zou est bien content de s’être caché. Quand même, ça lui fait drôle d’entendre son grand-père dire « Maman » à Bisaïeule.

Dès qu'ils sont partis, Zou court dans l'atelier.
Enfin il va pouvoir toucher à son vélo.

C'est la première fois que Zou monte sur un vélo comme ceux des grands.
Sans stabilisateurs. Mais aussi… sans pédales.
Dreling dreling ! C'est la sonnette de Bisaïeule.

Sans descendre de vélo, Zou sort de l'atelier en poussant avec ses sabots.
Il doit se dépêcher. Bisaïeule se rapproche.

Zou avance bien sur son vélo sans pédales. Dreling dreling dreling !
« Zou, où es-tu ? » appelle Bisaïeule.
Zou ne répond pas. Et il fait bien attention à ne pas toucher à sa sonnette.

Zou roule de plus en plus vite dans les allées du jardin. Il donne de grands coups de sabot de chaque côté de son vélo.

Il tient même très bien en équilibre. Il plisse les yeux à cause de la vitesse.
Ça y est, Zou sait faire du vélo.

Bisaïeule est loin derrière. Zou n'entend presque plus sa sonnette.

Mais Zou oublie de regarder devant lui. Il tombe sur Grand-père
qui vient de retrouver les stabilisateurs.

« Donne-moi ce vélo », dit Grand-père. « Je dois te poser les stabilisateurs. »
Zou n'est pas d'accord. Dreling dreling ! fait Bisaïeule. Elle gronde Grand-père.
« Laisse-le tranquille, Zou sait très bien faire du vélo sans stabilisateurs. »

Bisaïeule continue sa promenade sans demander de bisou.
« Laisse-moi au moins mettre les pédales », dit Grand-père.
« Bon, d'accord », dit Zou.

Ting ting ting ! Zou pédale à toute vitesse pour rattraper Bisaïeule.
Dreling dreling ! fait Bisaïeule. « Bravo Zou, tu es un as ! »

Zou fait un beau demi-tour sans tomber et revient s'arrêter pile devant Bisaïeule. Elle peut lui faire son gros bisou.

Toute la famille parle des exploits de Zou. Zou et Bisaïeule ne disent rien.
Ting ting… Dreling dreling. Ils se parlent juste avec leurs sonnettes.
Ils ont décidé d'aller goûter.